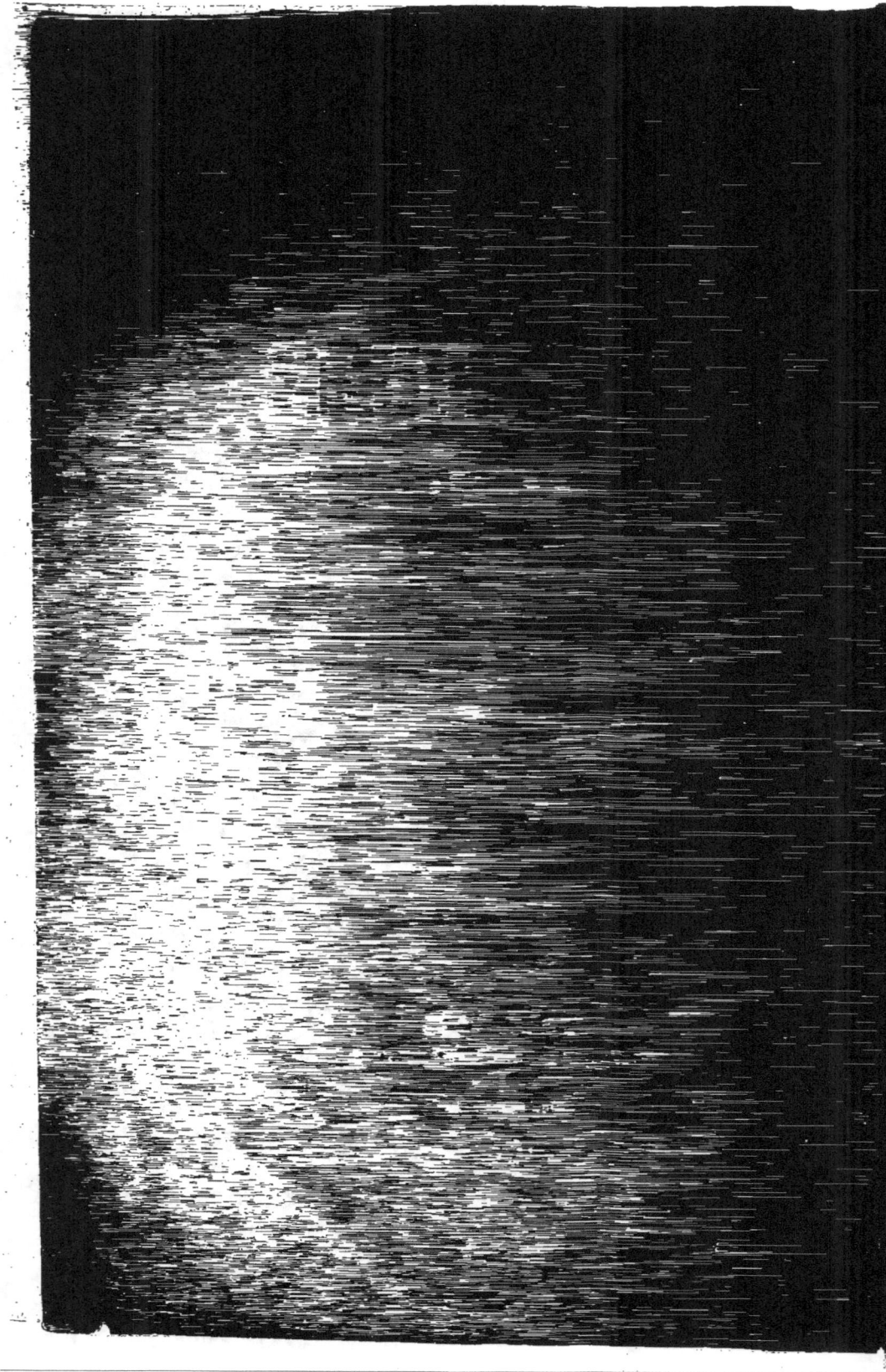

LA

RÉACTION RELIGIEUSE,

POEME,

Par M. de Lattre.

Confirma hoc, Deus, quod operatus es
in nobis. (Psalm. 67, v. 28.)

Seigneur, achevez votre ouvrage.

POITIERS,

DE L'IMPRIMERIE DE F.-A. SAURIN.

JUILLET 1837.

DIVISION DU POEME.

INTRODUCTION.

QUELQUES MOTS SUR UNE ENTREVUE AVEC M. L'ABBÉ DE LA MENNAIS.

Ce n'est pas sur la foi d'un rapport étranger, mais bien sur le témoignage de mes propres sens, de mon esprit et de mon cœur, que je vais essayer d'esquisser le tableau d'une grande réaction religieuse ; elle s'est opérée dans la capitale du monde civilisé, à l'époque récente encore de la sainte quarantaine consacrée à l'une des solennités si touchantes du culte catholique de l'unanimité de 28 millions de Français.

C'est donc *de visu et auditu* que je peux certifier la vérité de cette heureuse transformation : *de visu,* par l'innombrable concours de chrétiens de tout âge, de tout sexe et de toute classe, qui, sous mes yeux, le jour des prédications spécialement, se portaient en foule dans les basiliques de la vaste cité, obstruaient la nef et jusqu'aux larges espaces latéraux de St-

I

Roch, St-Sulpice, St-Eustache et de Notre-Dame ; *de auditu*, par l'impression profonde qui transpirait sur cette incalculable assistance, par le recueillement sensiblement gravé sur les physionomies empreintes d'une sorte d'enthousiasme muet par respect pour le lieu saint, lorsque l'orateur sacré, ravi lui-même de la componction de son auditoire, recevait de nouvelles inspirations de la grâce pour émouvoir, et improvisait de sublimes consolations pour convaincre.

Si, en dehors de cette édification générale, et pour la compléter, M. de Lamennais avait publié de son côté une humble et généreuse rétractation de ses erreurs, la supériorité de son talent aurait ramené au bercail avec lui-même les brebis qu'il a peut-être innocemment égarées. Je ne peux résister au sentiment qui me fait toujours espérer le retour aux doctrines de la vraie foi catholique, de ce génie égal, s'il n'est supérieur, à la plupart des grandes notabilités littéraires du siècle de Louis XIV. Quel contingent de responsabilité il assume sur son cœur, s'il doit être égal, ce contingent, à celui de l'influence de son inimitable génie sur les heureuses dispositions d'un peuple religieux, qui n'attend peut-être que l'heure de sa résipiscence pour tomber à ses genoux, comme nouveau dispensateur d'une miséricorde dont il aurait lui-même ressenti les effets !

Voici, au surplus, un extrait de la conversation et de la correspondance que j'ai eues dans la semaine sainte.

dernière à Paris, avec cet homme dont la célébrité marche toujours à pas de géant dans la carrière du mal ou de l'erreur, mais dont le vol était plus rapide que celui de l'aigle, quand il parcourait les régions du bien ou de la vérité.

Me reconnaissez-vous? lui dis-je à son logement de la rue Rivoly, sans me faire annoncer.—*Certainement*, me répondit-il, en me nommant avec la plus affable aménité. *Je n'ai qu'un reproche à vous faire : j'ai lu votre Essai sur Lamartine ; il me préparait à vous reconnaître, c'est toujours votre bonne facture de vers ; mais pourquoi ne pas mettre votre nom au bas d'un tel ouvrage ?* Je ne sus trop que répondre à cet obséquieux reproche. Mon amour-propre fléchit néanmoins devant l'intérêt social et religieux qui ne font qu'un, menacé par le renversement, ou au moins la déviation de ses fondements, d'une de ses fortes colonnes. Vous avez bien vieilli, lui dis-je ; j'ai tout à la fois du plaisir et de la peine à vous revoir, mais je veux vous voir tout entier ; l'abandon de la conversation est plus expansif que tous les écrits dans lesquels l'homme froissé par l'idéalisme paie tribut souvent involontairement à une passion, d'autant plus flatteuse qu'elle a plus d'aliments nutritifs. Quel jour vous verrai-je plus amplement? — *Je ne sais.* — Mais enfin? — *Je ne peux vous le dire ; ce serait un temps pris sur mes devoirs.* Cette apostrophe textuelle me rendit tout mon courage, malgré l'immense inégalité des armes. Qu'avons-nous fait, vous ou moi, pour ne plus nous revoir ? Ne seriez-vous plus M. de Lamennais de la rue des Pages, où vous aviez cette rue pour antichambre, et pour couche un lit sans rideau et peut-être sans matelas, où vos larmes coulaient de conviction toutes les fois que nous agitions une question religieuse ou politique? Ce ne peut être l'élaboration d'un article de votre journal qui vous coûte un temps si long et si précieux. —Point de réponse. Après un instant de silence, j'accuse de nouveau le ravage du temps : Vous avez toujours été d'une complexion délicate, mais je vous vois plus vieilli que je ne croyais vous trouver. —Même silence. Alors je continuai en ces termes: La nature, ou plutôt Dieu qui n'est point une abstraction, n'accumule presque jamais tous ses dons sur la même tête ; quand il accorde une grande puissance au moral, il refuse la même prépondérance au physique. Vous offrez un exemple de cette vérité : vous eussiez été trop fort, si vous eussiez récemment réuni les deux facultés au même degré. Mais jamais je ne vous imputerai la pensée de vouloir élever autel contre autel. Vous ne voulez pas me voir, je vous écrirai, dût ma lettre rester sans réponse. —J'écrivis en effet, et M. de Lamennais me répondit de suite. Sa lettre laconique se terminait par ces mots : *Je ne me poserai jamais devant qui que ce soit pour être jugé.* Quoi qu'il en soit, M. de Lamennais s'est peut-être retiré de son monde pour entrer dans un meilleur ; je l'espère, parce qu'on espère ce qu'on désire.

Des événements graves, les uns inattendus, comme le mariage d'un prince catholique avec une luthérienne, l'éducation publique, et la décision du Conseil d'état sur l'emplacement de l'archevêché, m'ont paru devoir être encadrés dans le tableau de la réaction religieuse, comme pouvant faire obstacle à son salutaire développement ; et la statistique morale de la France avant cette réaction ne pouvait manquer de servir d'ombre à son tableau. A proprement parler, il n'y a point d'épisodes dans l'ouvrage ; le poëme est historique, homogène et compact, en ce sens qu'il est puisé dans les faits dont j'ai été le témoin oculaire et auriculaire. En même temps que Paris offrait le spectacle de Jérusalem convertie, les autres tribus d'Israël, les provinces suivaient la même impulsion, et semblaient s'être donné rendez-vous au pied du Calvaire du Rédempteur du monde.

LA

RÉACTION RELIGIEUSE,

 POEME.

CHANT PREMIER.

SYMPTÔMES SIMULTANÉS DE FOI. — SUCCÈS DE LA CHAIRE ÉVANGÉ-
LIQUE. — SUBLIMES TALENTS. — L'INDUSTRIEL ET L'ANCIEN
MILITAIRE DÉCORÉ, ÉDIFIANTS.

Je ne me permets point, déclamateur outré,
De joindre à chaque instant le profane au sacré,
Ou, poursuivant l'effet des misères publiques,
De ressasser des maux déjà trop authentiques.
Je tairai du passé le triste souvenir
Par le profond respect que j'ai pour l'avenir ;
Le chrétien doit toujours conserver l'espérance,
La foi du royaliste est celle de la France ;
D'autres par le présent se laissent éblouir,
Le cœur ferme et droit sent qu'espérer c'est jouir.
Naguère le témoin de cette ère nouvelle

Dont je ne suis ici que l'historien fidèle,
Puissé-je intéresser la tendre charité
Et glaner quelques cœurs dans un champ récolté!

Quel est ce sentiment qui surprend tous les âges,
Entraîne faible et fort, d'insensés fait des sages,
Qui laisse, en subjuguant l'illettré, l'érudit,
Le vieux respect humain sans force et sans crédit?
Assez et trop longtemps l'orgueilleuse cité
De lave vénéneuse avait tout infecté;
Paris, docile au frein que l'Eternel apprête,
Vient pour courber son cœur, humilier sa tête
Sous les dômes sacrés, vénérables abris
De milliers de chrétiens profondément contrits.
La province s'unit à la foi qui domine,
Le reste du corps suit quand la tête s'incline.

Comme on vit de nos jours un monstre grandissant,
De Babylone en feu tout-à-coup s'élançant,
Promenant l'incendie à la torche allumée,
Vomir la trahison de sa gueule enflammée,
Vicier, aussi prompt que le gaz et l'éclair,
Les régions du cœur et les plaines de l'air;
La langue de l'enfer par les journaux parlante,
La presse travestie en fournaise ambulante,
Ses miasmes infects, mortelle exhalaison,
Asphyxier la foi, l'honneur et la raison.
Maintenant il s'opère une métamorphose
Qui vient ouvrir la voie à quelque grande chose.
L'interprète sacré, l'oracle du Seigneur

Enseignait en tous temps la route du bonheur ;
Sa parole tombant sur des cœurs indociles
S'exhalait trop souvent en conseils inutiles ;
Des cœurs jadis fermés le chemin est ouvert ;
Non , ce n'est plus la voix criant dans le désert ,
Quand l'orateur chrétien dans la ferveur commune
Peut à peine arriver à la sainte tribune ,
Qu'à la nef où chacun veut l'entendre et le voir ,
Lui seul peut sur son banc librement se mouvoir ;
Et que pour n'en rien perdre une foule empressée
Captive, en l'écoutant, regards , souffle et pensée ;
Qu'au sein de l'incrédule et du plus dépravé
Le discours qui les touche est tellement gravé ,
Que, propageant encor sa bénigne influence ,
De ces rochers brisés l'écho le recommence.
C'est la foi qui rallume un légitime encens ,
Une réaction de l'âme sur les sens ;
La greffe qui , changeant le sujet qu'elle élève ,
Fait de l'esprit au cœur monter toute la sève.
Pour parler sans figure et convaincre sans art ,
Je dirai : Le chrétien surgit de toute part.
Au souvenir touchant de doctrine si belle ,
La mémoire du cœur ne peut être rebelle.
Quand pour l'entendre encor les vœux sont superflus,
On dit avec douleur : Il ne prêchera plus.
Ravignan , délégué de la bonté divine ,
A l'esquisse imparfaite on te nomme ou devine,
Sans que de la satire un seul trait décoché
Ose effleurer le cœur profondément touché.

L'effronté ne fait plus depuis l'onde lustrale
Jusqu'aux pieds des autels circuler le scandale ;
De la mère en émoi l'œil est débarrassé
Du regard impudique à sa fille adressé ,
Et le recueillement que le lieu seul ordonne,
Cette vertu de tous, n'est troublé par personne.

L'industriel , jadis peu jaloux de prier ,
Sentinelle assidue en son vaste chantier ,
N'avait jamais rentré ses pompeux étalages ,
Point de mire éclatant de riches équipages,
Conflit de l'opulence , et miroir scintillant
De tout ce qu'un grand luxe offre de plus brillant.
Quand il croit, recevant l'influence commune ,
Pour les faveurs du ciel échanger la fortune ,
Il ne se doute pas qu'un pieux dévoûment
Sert mieux ses intérêts qu'un cupide tourment.
Son magasin fermé les dimanches et fêtes
Rallie à son comptoir de nouvelles conquêtes.
Plus confiant encor , chaque amateur se dit :
Le jour qu'il croyait perdre a doublé son crédit.
Comme il n'est pas le seul dont l'âme soit changée ,
Il ressent les effets d'une foi partagée.
Plus le joug imposé par la religion
Paraît doux et léger à sa conviction ,
Plus prompts sont les effets de ses aveux sincères
Qui ramènent son cœur à la foi de ses pères.
Son immense bazar clos comme une prison ,

Il poursuit son bonheur dans une autre maison.
Près du soleil divin qui pour les chrétiens brille,
Son cœur s'embrase avec le cœur de sa famille.
Son commerce s'élève et prospère au saint lieu :
Tout n'est-il pas profit dans la maison de Dieu?
Quand il suit l'orateur de nos saintes écoles,
Il savoure le fruit de suaves paroles.
S'il entend une fois Dupanloup, Duguéri,
De ses infirmités il veut être guéri.
Combalot, qui rappelle un tremblement de terre
Ou l'envoyé du ciel armé de son tonnerre,
Sillonnant sur son front plus d'un pénible aveu,
Porte dans chaque plaie et le fer et le feu.
Les regrets que son cœur fait passer à sa bouche,
Il va les confier au prêtre qui le touche.
Il sait qu'un mauvais livre, un journal mensonger
Dans l'océan de feu pourrait bien le plonger ;
Qu'assez et trop longtemps aux bords du précipice
Il n'y veut pas tomber entraîné par le vice.
Au tribunal divin il proteste bientôt
De garder de la foi le précieux dépôt.
Si de l'industriel on passe au militaire,
Cette douce influence est non moins salutaire.
On distingue bientôt un ruban mérité,
Par lui signe d'honneur est toujours mieux porté.
L'aveugle ambition que la faveur décore,
L'orgueil bourgeois, à Dieu ne revient point encore.
Par ce présent banal l'esclave que l'on fait
Ne peut pas séparer la cause de l'effet.

Quand le décorateur n'offre en sa vie entière
Pas plus d'encens à Dieu que son cœur de prière,
Il craindrait de passer pour mauvais serviteur
S'il se montrait pieux plus que son bienfaiteur.
La première leçon est celle de l'exemple :
L'ingrat tremble toujours sous les voûtes d'un temple.
Singer en tout son maître est l'art du courtisan ;
Peut-il sans l'imiter être son partisan ?
S'il se rapproche trop du prêtre ou de la chaire,
Vidocq a ses Argus jusques au sanctuaire.
Croix facile à gagner ou légère à porter
Avec celle du Christ n'ose se confronter.

CHANT II.

───────

DANGERS D'UNE MAUVAISE LOI.

Parmi ceux qui jadis fomentaient des alarmes,
J'ai vu des cœurs navrés, des yeux baignés de larmes,
Les sacriléges mains des abatteurs de croix
S'offrir à réparer St-Germain-l'Auxerrois ;
Je les ai vus prier , et du fond de leur âme
Faire amende honorable au chœur de Notre-Dame,
Lorsque sur les débris d'un fléau destructeur
On refuse un asile au suprême pasteur,
Pour l'accorder peut-être à l'oisive impudique,
Qui, tantôt promenant l'indécence publique,
Dans les jours de prière et de solennité
Irait porter au temple un regard effronté ,
Ou viendrait , déguisant sa honte travestie
Sous le lin transparent, feindre la modestie.
Sans accuser d'avance un désordre effréné,
Dont le scandale peut ne pas être donné,
Disons, comme un chrétien de la chambre élective :
Contre le droit commun vous prenez l'offensive ;

Mais j'entends l'orateur se surpassant toujours
Pour défendre les droits compromis de nos jours.
Désespoir du cynisme, effroi de l'imposture
Esclave inféodée au joug de la clôture,
En venant exposer les dangers d'une loi,
Bien mieux que ses flatteurs Brezé servit le roi.
Du vrai, du droit, du beau, tel est le caractère,
Que qui le nie outrage et le ciel et la terre.
Grossissez le budget pour la cupidité,
Aliénez pour elle honneur et liberté,
Mais n'osez plus offrir l'indigne jonglerie
De parler liberté, gloire, honneur et patrie,
Hommes qui dédaignez le mal comme le bien;
Vous n'êtes plus Français, que seriez-vous donc? rien.
Si vous voulez encor redevenir des hommes,
Dites-vous un instant : Voyons ce que nous sommes;
Instruments aujourd'hui de spoliation,
Nous le serons demain de sa contagion.
Si vous vous emparez des débris d'un pillage,
Vous vous associez aux vœux du brigandage;
Quand d'un bien légitime un évêque a joui,
C'est en l'envahissant prendre le bien d'autrui.
Je crois, sans consulter Paris plutôt que Rome,
Qu'un droit est toujours droit, et qu'un prêtre est un homme.
Si pour le bien public on fait exception,
Proscrivez le ministre et la religion :
L'émeute avait encor mesuré son scandale;
Avec l'archevêché, prenez la cathédrale;
Aux promeneurs faisant une plus large part,

Rien n'offusquera plus un cynique regard.
Vous ne l'oseriez pas comme sous Robespierre;
La France rend hommage au successeur de Pierre,
Et Philippe a prouvé qu'un prince temporel
Doit sa soumission au roi spirituel.
Mais poursuivons l'effet d'un excès téméraire;
On suspend aisément le bien qu'on devrait faire;
Quant au mal qu'on permet lorsqu'on doit l'éviter,
C'est un torrent fougueux qu'on ne peut arrêter.
Le pouvoir dépouillant l'homme du sanctuaire
Comprend-il les effets de cet acte arbitraire?
A lui-même je viens les soumettre aujourd'hui.
Commençons par le peuple; où donc est son appui,
Si ce n'est pas le riche? Un brave militaire,
Qui peut le soutenir? un legs testamentaire
Qui fait dans un état qu'on accorde toujours
La retraite d'honneur qu'on doit à ses vieux jours.
Là s'élève un clocher sur la nouvelle église;
Ici l'on rajeunit l'architrave et la frise
De ce vieux monastère où le bon saint Vincent
Réchauffait et le lange et l'orphelin naissant.
Là le célibataire, ici la vierge sainte,
Coulent des jours sereins dans une obscure enceinte.
Étroit et dernier gîte où l'homme au cœur brisé
Essaye le tombeau que sa main a creusé;
Ruche, dépôt d'un miel si doux pour les malades,
Essaim éparpillé des abeilles nomades
Dont l'une atteinte au camp par le frelon ingrat
Eut un bon protecteur dans un brave soldat;

Sépulcre où la beauté toujours digne d'envie
Sacrifie au Seigneur une innocente vie ;
Pèlerine céleste en ce terrestre lieu ,
Dans un vase d'argile introduite par Dieu ,
Endormie en entrant , brillante à ta sortie ,
Invisible , impalpable et pourtant bien sentie ,
Rompant ton enveloppe au terme glorieux ,
Chrysalide immortelle , âme attendue aux cieux ;
Restes exténués du vieil anachorète ,
Austérité réduite à l'état de squelette ,
Dont le front près d'un crâne a fait douter souvent
Du crâne ou de son front lequel était vivant ,
Jusqu'à l'heureux moment de son heure dernière ,
Que son ange gardien a fermé sa paupière ;
Séjour pénible et doux , cellule des martyrs ,
Habité si souvent par de grands repentirs ;
Beaux établissements de la foi catholique ,
Monuments révérés de charité publique ;
Vétéran de l'honneur , infirme , chancelants ,
L'un courbé par la gloire et l'autre par les ans ;
Modestes professeurs de la chrétienne école
Qui par humilité n'osez ceindre l'étole ;
Hommes , maisons du ciel qu'on aime à rencontrer ,
Je ne finirais pas de vous énumérer.
Des chrétiens généreux surmontant les obstacles
Ont pu seuls opérer de si puissants miracles ;
Oui , l'humble piété par ses fondations
Élève au premier rang le cœur des nations.
Mais , si vous détruisez un degré de l'échelle ,

La route vers les cieux est plus longue et moins belle,
Et contre les vertus, les vices entraînés
Rencontreront bientôt les crimes déchaînés.
Qui pourrait garantir aux pieux donataires
Qu'on ne ravira pas les dons des légataires ?
La violation de la propriété
Paralysera donc la générosité.
Après l'enlèvement des domaines d'église,
On a jadis plus loin poussé la convoitise.
Le testateur dira : Je crains cet attentat,
Je veux léguer au pauvre et non point à l'Etat.
Les autres bienfaiteurs n'auront de confiance
Pas plus dans une loi que dans une ordonnance :
Par la crainte de voir d'autres legs contestés,
Le pauvre et les vertus seront déshérités.
Cette secousse atteint l'harmonieux ensemble ;
Frappé sur un seul point, le sol tout entier tremble.
Vie, honneur et bon droit suspendus par un fil,
On périt en fuyant ou l'on meurt dans l'exil.
Mais l'impie a changé son atroce démence ;
Jadis bourreau d'autrui, par lui-même il commence.
Ce désordre attaqué par la religion
Redevient moins commun dans la réaction ;
Et la propriété qu'on appelle la vie,
Qui n'appartient qu'à Dieu, moins souvent est ravie.
Puisse ce droit sacré de la propriété
Obtenir un respect doublement mérité,
Et l'abrogation d'une loi téméraire
Rendre aux bons cœurs leurs vœux, la paix au sanctuaire !

2

CHANT III.

INFLUENCE PERNICIEUSE ET ABUS DE L'ÉDUCATION UNIVERSITAIRE.

La source des malheurs de la société
Est l'éducation de l'université.
Par un homme-torrent, par un fléau de gloire,
Dans ses mœurs envahie et dans son territoire,
L'Europe crut bannir de funestes hasards
En lui sacrifiant la fille des Césars.
Pour son âme affamée en proie à son génie,
Ce ne fut point assez de cette Iphigénie :
L'holocauste trahi, sur vingt peuples tremblants
Il poursuivit le cours de triomphes sanglants ;
Il frappa de terreur l'Europe dévastée ;
Dans son premier pasteur la foi fut insultée ;
Soit bonté soit faiblesse, on sait, quand il parla,
Comment Pie VII fléchit le moderne Attila.
Ayant pour le repos une haine profonde,
Dans la trève il rêvait la conquête du monde ;
Il se disait : D'abord, comme empereur et roi,
Je commande aux Français, et l'Europe est à moi.

Mais , pour entretenir une race guerrière ,
Il lui fallait toujours sa jeune pépinière ;
Les amants faits guerriers échangeaient au canton
Contre un myrte fleuri des lauriers en bouton.
Peuple , chef , grand , petit , tout est foudre de guerre,
On ne redoute pas l'effet de son tonnerre ;
De géants au berceau la native chaleur
Avec leurs premiers pas fait marcher la valeur.
Ils voudront , grandissant , sabre , fusil , giberne ,
Un mouchoir pour drapeau , le salon pour caserne ;
De là jusqu'à l'autel le belliqueux amour ,
Et le recueillement fuit au son du tambour.
Quand l'éducation est moins bonne ou la même ,
Sachons examiner son dangereux système ;
Voyons si les leçons de l'université
A la France nouvelle ont beaucoup profité ;
Si l'on doit conserver et protéger encore
Un établissement que l'orgueil seul décore ,
Quand naguère un grand maître , homme de probité ,
Et d'un savoir égal à son intégrité ,
Fontane a reconnu qu'il était plus nuisible
Qu'avantageux au cœur de la France paisible ;
Que l'éducation porte de meilleur fruit ,
Quand la religion la dirige sans bruit.
L'élève est un esclave apprenant à la tâche ,
Moins ce qu'il doit savoir que ce qu'on veut qu'il sache.
Le despotisme est là doublement criminel ,
Puisqu'il attente aux droits du pouvoir paternel.
De l'esprit et du cœur pour trouver un bon maître ,

Joignez au professeur la dignité de prêtre.
Les corporations ont doté les états
D'excellents citoyens et de braves soldats.
Celui qui doit sonder le cœur de la jeunesse
Sait mieux de son esprit féconder la richesse.
Sous l'empire de fer de l'illustre guerrier,
Le cœur était soumis sans être régulier.
Un seul ordre verbal, plus fort qu'une ordonnance,
Eût frappé sans pitié l'émeute à sa naissance ;
Il comprit le besoin de sa position,
Et le pouvoir de fait eut sa religion ;
Relevant les autels de l'antique croyance,
Il n'aurait jamais pu se maintenir en France,
S'il n'eût changé l'esprit de l'université,
Fidèle au conquérant, traître à l'adversité ;
Elle soutient toujours une doctrine vaine,
Et des prétentions la morgue si hautaine,
Qu'on peut qualifier d'une énigme sans mot
L'art de l'amphigouri résumé dans Guizot.
Il aurait aboli ce honteux monopole,
Vil trafic de comptoir, péculat de l'école,
Qui, faisant à la caisse arriver l'or à flots,
Sert à mieux marchander l'ignorance à huis clos,
Dont l'hermine pédante et les chers économes
Rendront bon compte à Dieu si ce n'est point aux hommes.
Troupe d'instituteurs soldés à peu de frais,
Conscription levée à l'encan du rabais,
Qui réduisez si bien, sans Jean ni Chrysostôme,
La morale en extraits, les qualités en somme,

Vous, d'un voisin collége arrivés sans congés,
De talents et ducats légèrement chargés,
Qui, faisant pour toujours l'école buissonnière,
N'avez laissé d'esprit ni de gage en fourrière ;
Laïques précepteurs, mercenaires distraits,
Toujours préoccupés de mondains intérêts,
Narrateurs sans effet, prédicateurs sans grâce,
Vous donnez sur la foi des leçons à la glace,
Quand l'homme au saint état, par devoir et par goût,
De son élève fait un chrétien avant tout,
Et, sans trop exalter l'orgueil de la victoire,
L'introduit prudemment au temple de la gloire.
On sait d'où sont sortis ces sublimes talents,
Honneur de la patrie en tout genre excellents.
Je suis loin de blâmer cet art de la souplesse,
Exerçant à la fois et la force et l'adresse,
Ni ces cours spéciaux et d'application,
Complément obligé de l'éducation.
Les procès en tout temps ayant été de mode,
De là le droit romain, les coutumes, le Code.
L'aveugle médecin, réputé pour savant,
Vient guérir quelquefois, mais tuer plus souvent.
Ainsi que le négoce, une banque affamée
Tient beaucoup plus à l'or qu'à bonne renommée.
Quel attrait plus puissant que la religion
Pourrait faire honorer chaque profession ?
Quel moyen plus parfait de réprimer l'usure
Et ces honteux penchants qui trompent la nature ?
Donc la religion est le grand élément

Qui doit marcher de front avec le rudiment ;
Le courage est inné, l'art fit la théorie ;
La bravoure existait avant l'artillerie.
Au bonheur de l'état chacun doit concourir,
L'un en sachant bien vivre et l'autre bien mourir.
Un héros généreux n'offre pas de scandale ;
La guerre a sa justice et le camp sa morale ;
Sans elles le triomphe est un sanglant fléau,
Un vain laurier cueilli sur un vaste tombeau,
Un abus de la force, un prestige sans gloire,
Un aveugle hasard qu'on appelle victoire.
Amour de la conquête, et toi soif de régner,
Un cœur grand, juste et bon, saura vous dédaigner !
Qu'un prince légitime appelle à son épée
De l'usurpation ou de la foi trompée,
Je ne peux qu'admirer l'empire d'une foi
Qui rallie un grand peuple au drapeau de son roi.
L'œil le moins exercé dans l'effet voit la cause ;
L'ouvrier est à l'œuvre, et sur lui tout repose ;
Car l'élève formé par l'université
Devient l'instituteur de la société ;
Les adeptes nombreux sortis de cette école
Gèrent tous les emplois, ont partout la parole ;
La ligue semble dire : Un culte est sans objet,
Le reste importe peu. Dieu sauve le budget !
Suivons les résultats, jugeons ce que nous sommes :
Où sont nos magistrats, nos héros, nos grands hommes ?
Avec l'antique foi de nos braves aïeux,
Serions-nous moins vaillants pour être plus pieux ?

Les Séguier d'autrefois, les Bayard, les Turenne,
Pour être bons chrétiens sont-ils morts à la peine ?
Faut-il de grands efforts pour être homme de bien ?
Ne peut-on être heureux qu'en ne croyant à rien ?
Allier son bonheur avec sa conscience
Est le plus grand devoir, la première science,
Pourvu que ce bonheur, d'accord avec la foi,
Ait l'honneur pour principe et la vertu pour loi.
Quand Bezou, Rome, Athène, accordent une trève
Au gagiste incrédule, ainsi qu'à son élève,
L'Évangile à l'école est bien moins aujourd'hui
Un code tout divin qu'une leçon d'ennui ;
C'est surtout au lycée, âme universitaire,
Grand établissement civil et militaire,
Que l'on trouve censeurs, proviseurs et recteurs,
Fort bien rétribués, moins doctes que docteurs,
Qui font plutôt briller à leurs tables joyeuses
D'un emploi lucratif les palmes radieuses,
Qu'éclater vivement au sein de jeunes cœurs
Du soleil de la foi les doux rayons vainqueurs.
Lorsque de leurs travaux la cheville ouvrière,
Professeur à forfait dans la même carrière,
Mal payé, sans talent, souvent mal embouché,
Avec joie entretient un esprit débauché ;
S'il survient par hasard quelque maître d'étude,
Il n'exigera rien que de l'exactitude ;
S'il n'était sur le Christ qu'indifférent et froid,
On publiera qu'il est impartial et droit ;
Mais il exaltera l'amour patriotique

De Décius, d'Horace et de Caton d'Utique,
Lorsqu'il devrait traiter suicide et duel,
L'un comme lâcheté, l'autre d'acte cruel :
Complétant la leçon par un triple homicide,
Il vante de Brutus l'affreux infanticide;
Tandis que s'élevant contre chaque attentat
Qui frappe trop souvent la famille et l'État,
Il remplirait bien mieux les devoirs de sa place
Qu'en prônant les Caton, les Brutus, les Horace.
Acceptons aujourd'hui pour lettrés, pour savants,
Quelque grand dignitaire ou l'un de ses suivants;
Dans un pompeux discours de sortie et d'entrée,
Morale en théorie est deux fois encadrée :
L'article sera court; quant au gouvernement
Dont l'intègre budget solde si largement,
On n'épargnera rien, ni le ton ni l'emphase,
Ni l'éloge ampoulé, ni l'orgueil de la phrase :
Si la métonymie est d'un effet mesquin,
L'hyperbole louera jusqu'à son mannequin.
Sans doute on doit toujours de la reconnaissance
A celui qui nous paie, et la loi de finance
Est un texte assez beau pour qu'un savant docteur
Se montre généreux envers son bienfaiteur.
Mais la foi, mais les mœurs et le catholicisme,
Le schisme d'Henri VIII et le luthéranisme,
Les sujets de reproche et motifs de regret,
Les passant sous silence on croit être discret.
Je poursuivrais encor d'autres sujets d'alarmes
Si la réaction n'essuyait bien des larmes;

Si l'attrait de la grâce et son divin flambeau
Ne promettait encore un triomphe plus beau
Sur tant de cœurs unis à la foi catholique,
D'un lien imprudent populaire critique ;
Si, prenant en pitié cette minorité
Faible à son oratoire et nulle à la cité,
Le peuple à son Sauveur rendant un double hommage
N'adorait Dieu vivant dans sa mortelle image,
Et si le Rédempteur ne plaçait à dessein
Son tableau sous ses yeux et son cœur dans son sein.

CHANT IV.

LA SOCIÉTÉ AVANT L'ATTRACTION INCESSANTE DU CHRISTIANISME. —
VOLTAIRE. — GRANDE MANIFESTATION DU SENTIMENT RELIGIEUX.
— IMPUISSANCE DE LA FORCE CONTRE LES PASSIONS ET LES CRIMES.
— LE CHRIST. — LA MÈRE DE DIEU. — DEUIL DU TABERNA-
CLE. — LES PARTIS RÉUNIS ET CONFONDUS DANS LE TEMPLE.

Foyer élaborant par son ardente flamme
Les orages du cœur, les tempêtes de l'âme,
Amour désordonné d'un illicite gain ;
Orgueil, piége flatteur, écueil du genre humain,
Des vices conjurés cortége inséparable ;
Pour des jours malheureux dégoût insurmontable ;
Vil sentiment qui souille et l'esprit et le corps,
Infidèle à ses vœux, rebelle à ses remords ;
Niveau mettant l'esclave à la place du maître,
Crise donnant le nom de bienfaiteur au traître ;
Dans l'abrutissement insensible torpeur,
Qui n'a de l'avenir le désir ni la peur ;
La matière endormie en sursaut réveillée
Par l'aspect et contact de la fange habillée,
Laissant voir à travers du plus hideux portrait

Dans l'homme dégradé la brute trait pour trait ;
Toi, rongeant sa mamelle après l'avoir tarie,
Vieux cancer dévorant le sein de la patrie,
N'arrêtant les progrès de l'ulcère vainqueur
Qu'en livrant à sa faim les parois de son cœur ;
Vieille sédition, plaie encore sanglante,
Qu'il faut cautériser par la pierre brûlante,
Polype qu'on ne peut extirper tout entier
Qu'en ajoutant au feu l'inexorable acier ;
Conflit toujours nouveau de codes fantastiques,
Au gré des passions digestes élastiques,
Utopiques essais de cerveaux creux sortis,
Confondus à dessein pour être anéantis ;
Mensonge réputé vérité sans seconde,
Qui ne trompe personne et séduit tant de monde,
Charte vieille et nouvelle et constitution,
L'une due à l'octroi, l'autre à l'ambition ;
Droits de l'homme puisés dans une république,
Qui survit dans l'espoir d'un parti frénétique ;
Sueur de sang humain, despotisme éclairé,
Carnage trop brillant pour être censuré ;
De gloire et de forfaits mélange redoutable,
Tyran pour conquérir, pour garder équitable,
Homme qu'on ne verra reproduit qu'en tableau,
Géant aux champs de Mars, nain à Fontainebleau ;
Malgré vertus, bienfaits, mais pour sa triple fuite,
Souvenir incertain d'une race proscrite ;
Du présent, du passé résumé malheureux
Donnant à l'avenir un aspect douloureux ;

De l'intrigue et du crime alliance perfide,
Qui ne laisse entre deux nulle place, aucun vide,
Et, sans sortir jamais d'un cercle vicieux,
N'admet à ses faveurs que des ambitieux;
Grand soin d'un corps mortel et nul souci de l'âme,
Mépris de la louange aussi bien que du blâme;
Toujours soi, tout pour soi, sauf cette éternité
Qui commence demain sans qu'on s'en soit douté :
Tel est le résultat de cette indifférence
Qui n'a pour Dieu, pour l'homme aucune déférence.
Dans le terrain fangeux de l'incrédulité
Déjà depuis longtemps la France a végété.
Célèbre usurpateur du monde littéraire,
Arouet, trop connu sous le nom de Voltaire,
Jusqu'au cœur d'un grand roi par le schisme poussé,
Commentait à son gré l'Evangile offensé ;
Protégeant, détracteur de l'unité romaine,
Contre une œuvre divine une réforme humaine,
Aux catholiques lois son fétide levain
A fait autant de mal que Luther et Calvin :
Le sacerdoce fut pour sa haine perfide
Ce qu'est à l'hydrophobe un eau saine et limpide :
Acceptant l'héritage et ses grossiers mépris,
Son siècle nous légua ses captieux écrits ;
Les cœurs empoisonnés à cette source impure
Ont uni ses venins aux poisons d'Epicure,
Afin que l'on pût dire à la société :
Tout autant que le cœur l'esprit fut infecté.
De l'arbre de la foi, l'orgueil de la nature,

Les rameaux desséchés tombaient en pourriture.
Dans la France placés près de vieilles vertus,
Quelques rares jalons n'étaient point abattus.
Comme l'astre du jour après la nuit obscure
Fait reprendre la vie à toute la nature,
Ainsi vient tout-à-coup poindre à notre horizon
Un rayon d'espérance, un éclair de raison :
D'où naît ce doux reflet sur la patrie entière ?
Vers le ciel désarmé l'accent de la prière,
Pénétrant par la voix de notre ange exilé,
A de meilleurs destins aurait-il rappelé
Ce beau pays de France ? et quand l'ingrat sommeille,
Comprendrait-il ces mots : Quand tu dors, moi je veille ?
N'importe d'où nous vient la grande émotion,
Son principe est toujours dans la religion.
Des ministres du Christ la mission utile
Sème dans tous les cœurs sa parole fertile,
Et le brigand lui-même au temple transporté
A ses obscurs foyers retourne épouvanté,
Sans redouter l'effet de la gendarmerie,
Qui suffit, dit Guizot, pour garder la patrie ;
Comme si des Argus souvent salariés
Par le crime lui-même ou ses affiliés,
Devenus les sauveurs de la saine morale,
Emprisonnaient le vice, écrouaient le scandale !
Le filou dans la foule habile à fourrager
Ecoute Ravignan pour se dédommager ;
Il suspend cette main hardie autant qu'habile,
Si souvent à la montre impunément hostile.

Il n'a plus qu'un besoin, c'est celui d'écouter
Comment, après sa mort, l'enfer doit le traiter,
Sans distraire un instant son oreille attentive,
Ni sur un seul foulard lancer sa main furtive.
On doit bien augurer des craintes de l'erreur,
Quand le brigand lui-même est frappé de terreur.
Dans leurs derniers réduits les passions surprises
Au saint explorateur se découvrent soumises.
Prononce-t-il vingt fois le nom de Jésus-Christ,
Vingt fois le front baissé vers un sein plus contrit,
Comme si Dieu s'offrait dans l'éclat de sa gloire,
Atteste le respect du nombreux auditoire.
A ce nom glorieux si justement loué,
L'esprit comme le cœur est soudain remué.

Si l'orateur chrétien que son zèle électrise
De la reine des cieux invoque l'entremise,
Chemin couvert de fleurs qui n'est jamais fermé
Pour arriver au cœur de son fils bien-aimé,
Je crois voir échanger par les chœurs séraphiques
Les célestes parvis contre nos basiliques.
Le cortége angélique accompagne au saint lieu
La gloire de la terre; et la mère de Dieu,
Retrouvant sur l'autel une victime chère,
Avec nous à l'Agneau vient offrir sa prière.
Les regards de la foi, du prêtre la ferveur,
Raniment à nos yeux Marie et le Sauveur;
Avec son fils, son Dieu, pour nous servir d'exemple,
Son âme est dans le ciel et son cœur dans le temple.

Mais de la mort du Christ l'exorde est si touchant ,
Qu'on l'interrompt toujours par un sublime chant.
Du Rédempteur mourant plus tard l'heure dernière
Met le temple en péril , les rochers en poussière.
Funeste, salutaire, effrayant Vendredi ,
Qui donc pour te nier serait assez hardi ?
Crêpe sur l'univers , grand deuil du tabernacle ,
Où du Christ renaissant a cessé le miracle ,
Sanctuaires en pleurs , où le cœur éperdu
Sur l'autel cherche en vain le Dieu qu'il a perdu ;
Anniversaire enfin , capable , sans doctrine ,
De rappeler lui seul l'homme à son origine ;
Sainte croyance due à cette autorité ,
Dont le rapport fidèle et jamais contesté
Prouve qu'un Dieu trouva chez des Juifs inflexibles
Et les rochers moins durs et les morts plus sensibles.
Dix-huit siècles et plus déjà sont écoulés ,
Et les enseignements par un Dieu révélés
Sont aussi reconnus , aussi vivants encore ,
Que quand l'astre du Christ n'était qu'à son aurore ;
Mais si quelque nuage en dérobe l'aspect ,
La foi n'en vit pas moins d'amour et de respect ;
Un peuple dispersé, sans asile et sans guide ,
A perdu ce trésor dès qu'il fut déicide.
Il n'en est pas ainsi des chrétiens convertis :
La maison du Seigneur confond tous les partis.

CHANT V.

Mais il faut l'avouer, malgré notre jactance,
Notre époque eut aussi sa fatale importance.
Qui des mœurs des vieux Juifs ne rapprocherait pas
Notre siècle fécond en modernes Judas ?
Mais, s'il fut un Judas, il était douze apôtres
Dont le zèle accompli sert de modèle aux nôtres,
Qui du ciel ont aussi reçu la mission
D'opérer sur les cœurs une réaction.

Dans la grande cité la froide indifférence
Sur les sens dépravés régnait sans concurrence ;
Sous le joug de la honte et le poids de leurs ans,
Se traînaient parmi nous les restes dégoûtants
De ces hommes de sang, d'exécrable mémoire,
Qui, souillant à la fois la patrie et l'histoire,

3

Avaient osé jadis, barbares de sang-froid,
Enfoncer le couteau dans la gorge d'un roi,
Roi connu des cités et sous l'abri du chaume
Pour le meilleur des rois et le plus honnête homme.
De l'autre siècle encor débris contemporain,
Il semble ne survivre à cet âge d'airain,
Que pour mieux témoigner par sa décrépitude
De cet assassinat l'infâme turpitude,
Et prolonger vivant un hideux souvenir,
L'opprobre du passé, l'effroi de l'avenir.
Avant de retracer la peinture parlante,
D'un retour si sincère image consolante,
Je voudrais signaler aux cœurs bien disposés
L'enfer et ses suppôts, fléaux éternisés,
Poursuivant à la fois les vertus et les crimes,
Pour les engloutir tous dans les mêmes abîmes.
Les complots du vieux gouffre autrefois sans détour
Emprunteront bientôt les lueurs d'un faux jour ;
Il ne publiera plus dans sa haine effrontée :
Les rois règnent sans Dieu, la loi doit être athée.
Le sacrilége amour de la destruction,
Mû par l'audace impie ou la rébellion,
N'osera, front levé, par un arrêt atroce,
Tuer ou déporter l'honneur du sacerdoce,
Et, craignant les effets d'une éloquente voix,
Démolir sa demeure et mutiler des croix.
Si sa main hypocrite épargne le calvaire,
Par des coups détournés frappant le sanctuaire,
Il exhumera bien d'un code ou d'une loi,

Se disputant jadis les lambeaux de la foi,
Quelque texte perfide, écume d'une rage
Qu'il veut contre le ciel transmettre d'âge en âge.
Unis par les liens que l'enfer désormais,
Malgré tous ses efforts, ne brisera jamais,
Les cœurs sont entraînés dans une sainte joie,
Qui des cieux entr'ouverts leur découvre la voie;
Mais contre cet élan vers la félicité,
Un moyen séduisant est encore usité :
Le sang de Jésus-Christ coula pour tout le monde,
Restreindre sa tendresse est une erreur profonde;
Du crime originel en purgeant l'univers,
Il ne peut repousser les hommages divers;
Le philanthrope ajoute : Il nous l'a dit lui-même,
Mon culte est tout d'amour, je veux surtout qu'on m'aime.
Cette embûche dressée à notre charité
Aux désirs de Satan a souvent profité.
Ce piége décevant tendu par l'artifice,
C'est pour flatter le schisme et consoler le vice.
Sans doute le Sauveur veut qu'on l'aime ici-bas,
L'épouse du Seigneur ne l'aime-t-elle pas ?
Par le plus noir parjure en faveur d'un sectaire,
L'Eglise n'a jamais contracté d'adultère.
Ce n'est pas le respect, mais un mépris commun
Qui protége tout culte et n'en adopte aucun.
Ainsi que du budget les faveurs libérales
Etendent les bienfaits de largesses banales
Aux bons que l'on ménage, aux méchants que l'on craint;
On voudrait effacer le sceau dont est empreint

Le culte du vrai Dieu par un contact étrange ,
Et le vil frottement d'un criminel mélange.
Guizot , grand doctrinaire , a–t–il donc démontré
Qu'il est bien protestant ? comment ? à quel degré ?
Il n'en parle jamais, son prêche est la tribune ;
Quant aux religions , il n'en professe aucune ;
Comme il serait honteux de dire qu'il n'est rien ,
Il aime mieux passer pour être luthérien.
Craint–il pour la doctrine un avenir sinistre ?
Il sera tout romain pour renaître ministre.
Dirai–je de la fable un des traits tant cités ,
Contre un bon estomac les membres révoltés ?
Cette comparaison à l'égard de l'Eglise
Pourrait paraître fausse , et jamais cette crise
N'opérera l'effet , sur ses membres soumis ,
D'abandonner le cœur , ni le cœur ses amis.

Quand le sang refroidi qui lentement circule
Vers un centre isolé n'a plus de véhicule ,
La léthargie approche , et l'engourdissement ,
Symbole de la mort , arrive promptement.
Telle est de l'hérésie une triste figure :
Dédaignant à la fois le pain de l'Ecriture ,
Et les enseignements de la religion
Ayant pour fondement la révélation ,
Refusant de la foi la sainte nourriture ,
Elle ne se nourrit que de vaine pâture ,
Quand , par l'aveuglement d'un orgueil insensé ,
D'un homme au lieu d'un Dieu le culte est professé.

Le schismatique aussi réforme l'Evangile ,
Et devient apostat pour n'être pas docile ;
Mais la foi catholique offre à l'autorité
Des successeurs de Pierre un tribut mérité.
Contre l'Eglise en vain l'hérésie est rebelle ,
Les portes de l'enfer ne prévaudront contre elle.

CHANT VI.

Mais écoutons encor le langage malin
Que répète souvent un démon patelin :

Ame de l'univers que la nature atteste,
Dieu, pourquoi frappes-tu, dit l'orgueilleux savant,
Charles du choléra, saint Louis de la peste ?
L'infidèle triomphe et l'impie est vivant.

De ta vaine pitié leur bonheur te dispense ;
Ils n'ont souffert qu'un temps pour être heureux toujours ;
L'infidèle et l'impie auront leur récompense,
Leurs palais ne sont pas d'immuables séjours.

Voudrais-tu pénétrer la justice éternelle,
Toi qui ne vois qu'à peine un coin de ce bas lieu ?

Où donc as-tu puisé la lumière nouvelle
Qui te donne le droit d'interroger ton Dieu ?

Entendrons-nous encor de sa langue traîtresse
Satan diviniser l'orgueil du genre humain,
Et l'atome de chair fronder une sagesse
Qui tient ainsi qu'un fil l'univers dans sa main ?

La foi du malheureux allégeant la souffrance,
Du fidèle chrétien épreuve et sentiment,
Remplit le cœur d'amour, l'avenir d'espérance ;
C'est un plaisir sans fiel, un bonheur sans tourment.

Notre réaction est loin des saturnales
Qui s'abreuvent de sang, se gorgent de forfaits ;
Elle glorifiera nos modernes annales ;
C'est une ovation offerte au Dieu de paix.

Quand un saint prêtre indique une source féconde
Où le peuple indigent a la plus grande part,
Dieu semble lui prêter son coup d'œil et sa sonde,
La terre n'a plus rien de caché pour son art.

Il ne dit pas : Je veux par ma seule puissance
Aux peuples malheureux procurer le bonheur.
Des entrailles du sol analysant l'essence,
Il devient le canal des bontés du Seigneur.

Son collègue en bienfaits est aussi l'interprète,

L'instrument, le canal, et l'oracle du ciel;
Il fait jaillir des cœurs une source secrète
Qui répandra sur nous la rosée et le miel.

Il a déjà changé les mœurs et la conduite
De ces infortunés dont il borne les vœux,
Et sa voix les dispose à pouvoir dans la suite
Etre pauvres toujours sans être malheureux.

L'avare économise un immense domaine,
Exagérant le prix de ses dons fastueux;
L'indigent n'en reçoit qu'une charité vaine :
Pour être populaire on se dit généreux.

On annonce pourtant la largesse future
Du premier libéral qui soit dans le pays;
La dot aux affamés servant de nourriture
Sans appauvrir le père enrichirait le fils.

Tout se ressentirait de la sainte influence
Dont l'effet se propage et domine aujourd'hui;
Le plus puissant lui-même, à moins d'être en démence,
Peut-être a désiré qu'il s'exerçât sur lui.

Un assassin de roi se prépare et s'escrime,
Il prend sans passe-droit son tour numéroté :
On a semé le vice, on recueille le crime;
Sont-ce là les héros de notre liberté !

Bannir Dieu de la loi, c'est un vrai déicide,

C'est vouloir la morale et son chef au tombeau ;
La doctrine souvent est bien plus régicide
Que le fer de Damien et le plomb d'Alibeau.

Ce n'est pas de la loi, mais bien de la pensée,
Que l'impie eût voulu bannir son Créateur ;
L'existence de Dieu ne peut être expulsée
De l'esprit d'un ingrat pas plus que de son cœur.

Quand, fidèle au Seigneur et soumis à son maître,
Un peuple presqu'entier se prosterne au saint lieu,
Son prince doit jouir en nous faisant connaître
Qu'il est roi très-chrétien par la grâce de Dieu.

De qui tiendrait-il donc cette belle couronne,
Gage d'anxiété plus que d'un heureux sort,
Si ce n'est de celui qui l'ôte et qui la donne,
Sur l'homme roi gardant droit de vie et de mort ?

Qui sut paralyser l'action homicide ?
A qui peut-il devoir cette insigne faveur ?
Quatre fois il reçut la salutaire égide ;
Si ce n'est Dieu lui-même, où donc est son sauveur ?

De la divinité l'éloge involontaire
Echappe quelquefois aux lèvres du menteur,
Et de la vérité malgré lui tributaire,
Il se lasse de tout, même d'être flatteur.

Lorsque le courtisan fête la Saint-Philippe,

Il n'agit pas ainsi sans motif et sans fin ;
Le saint n'est que l'effet, plus haut est le principe,
Ce principe, qu'est-il, sinon le droit divin ?

Par son ange gardien son âme présentée
Paraît sans tache aux yeux du juge souverain ;
Et l'Eglise écrivant sous l'auguste dictée
Grave un saint nom de plus sur ses tables d'airain.

Rome est le Sinaï de la nouvelle Eglise,
Les oracles du ciel y sont manifestés ;
Le Saint-Père pour nous est le nouveau Moïse,
Qui transmet du Seigneur les saintes volontés ;

Depuis dix-huit cents ans son trône héréditaire
Ne fut jamais vacant. Jésus dans sa bonté
Aux chrétiens a légué son pieux secrétaire,
Reflet perpétuel de divine clarté.

Depuis les six mille ans que le ciel nous endure,
Les rois sont décédés, en tout temps, en tout lieu ;
Mortels, ils sont sujets aux lois de la nature :
La nature est un corps, et son âme est un Dieu.

Sur la terre, on le sait, l'Eglise est militante,
Par son divin auteur cet arrêt fut porté ;
Mais à la fin des temps une gloire éclatante
Viendra la réunir à la divinité.

Parmi les ennemis qui mettent bas les armes,

Il en est un surtout aussi puissant que vain ;
La religion rend par d'abondantes larmes
Le repentir plus fort que le respect humain.

Sachons apprécier cet état où nous sommes,
Prisons la différence et du juge et du lieu ;
Un aveu nous condamne au tribunal des hommes,
Un aveu nous absout au tribunal de Dieu.

A ce divin parquet de justice suprême,
Tous les témoins à charge ont seuls un grand crédit ;
Le coupable toujours, qui s'accuse lui-même,
Au lieu de l'aggraver efface son délit.

Céleste président des assises pieuses,
Résumant les griefs du cœur et de l'esprit,
Le prêtre, subjuguant les passions fougueuses,
Lève sur notre front la main de Jésus-Christ.

Mais cette main déjà d'une étreinte robuste
A serré le démon dans son dernier réduit ;
Elle frappe à la fois et si fort et si juste
Que le vice succombe et le démon s'enfuit.

Lorsque la foi, marchant de conquête en conquête,
S'empare du foyer de l'incrédulité,
Le cœur est subjugué bien plus tôt que la tête.
La passion se tait quand l'esprit est dompté.

Tel préférant la mort aux fers de l'esclavage,

Le Français à son Dieu veut enfin se vouer.
Un seul joug lui plaira , s'il est fidèle et sage ,
C'est celui de la foi qu'on lui fit secouer.

CHANT VII.

De remplir un devoir la honte puérile
Rendait de bien des cœurs l'intention stérile;
Trop éloigné du temple où siége l'Eternel,
On n'osait affronter le regard paternel,
Oubliant de la foi que le paratonnerre
Précipite la foudre aux gouffres de la terre ,
Que dans ses fonctions un ardent conducteur
Contre les feux du ciel est un bon protecteur.
Tel qu'un fil parcourant un tortueux dédale,
En visitant d'abord la ténébreuse dalle ,
Engloutit et l'éclair et la mort qui le suit ,
Faisant dans son trajet moins de mal que de bruit;
Ainsi l'homme du ciel rempli de patience
Sonde les noirs replis de notre conscience ,
Attire les aveux des orages du cœur

Pour en être bientôt l'ingénieux vainqueur ;
Passant de la terreur des effrayantes flammes
Au calme si profond qui rassure les âmes.

La Pâque était ouverte, et la céleste main
Offrait au catholique un salutaire pain.
Des chrétiens dont le cœur fut toujours équitable
S'approchent de la grille et de la sainte Table ;
Ils sont bientôt suivis de flots amoncelés ,
Par d'autres flots encor souvent renouvelés ;
Chacun veut recevoir la divine rosée :
La sainte Eucharistie allait être épuisée ;
Mais le don de produire un secours immortel
Avait multiplié la manne sur l'autel :
Un prêtre célébrant non loin le saint office
Renouvelait du Christ le divin sacrifice ;
Dociles à sa voix, des fragments précieux
Descendaient par milliers de la voûte des cieux.
Le ciboire rempli des fruits du grand miracle
Retournait vide encor au sein du tabernacle ;
De nombreux assistants les vœux sont satisfaits,
Le mystère d'amour prodiguant ses bienfaits
Réfléchit sur le front de chaque néophyte
Un bonheur dont l'esprit comme le cœur profite.
Cet exemple frappant de la félicité
Communique aux chrétiens son électricité.
Des tribunaux déserts la triste solitude
A fait place au reflux de cette multitude
Que les regrets cuisants, l'aiguillon du remords

Arrachent pour la vie aux régions des morts.
Tout ce peuple mobile et changeant d'habitude
Ne peut plus contenir sa sainte inquiétude.
Les tribunaux sacrés étant tous envahis,
Les aveux sont publics, mais sans être trahis;
Chacun n'ayant présent que son salut à faire
Ne s'occupe aux lieux saints que de sa seule affaire.
On court au confesseur pour être le premier,
Comme si l'on craignait le jugement dernier;
On croit se réveiller au son de la trompette
Ressuscitant les morts... Quand l'âme n'est pas prête
On veut se préparer à l'incertain moment
De notre éternité suprême dénoûment,
Et dont la perspective est toujours effrayante,
Lorsque sur cette terre, hélas! trop attrayante,
On a souvent passé des jours mal employés,
Dans l'océan du vice ou du crime noyés,
Et que, pour rassurer sa vertu chancelante,
On n'a que les remords de son âme tremblante.
La Croix semble annoncer l'esprit consolateur,
Où paraît précéder l'ange exterminateur.
Au loin ainsi qu'auprès l'astre éclairant la terre,
Aux uns sert de rosée, aux autres de tonnerre.
Instrument de supplice ou de félicité,
Suivant que notre cœur l'a bien ou mal porté,
La Croix, pour les chrétiens gage de l'espérance,
Garantit le bonheur et la foi de la France;
L'Eternel est pour elle un Dieu bien révéré,
Sa divine existence un fait plus qu'avéré.

4

Mais celle de son fils, non moins bien attestée,
Semblerait-elle donc plus à notre portée ?
L'œil a-t-il pu le voir et la main le toucher,
Afin qu'au cœur humain il puisse être aussi cher ?
Divine Trinité que nous aimons à croire,
Attribut réuni d'amour, d'esprit, de gloire,
Confondu dans le sein de l'amour paternel,
Puissions-nous voir un jour ton principe éternel !

Constantin, autrefois marchant contre Maxence,
Sur sa tête sentit la divine influence
Du signe du salut, de l'arbre de la Croix
Qui soumet à son joug les peuples et les rois :
Telle apparut naguère aux yeux de la contrée
Cette image à la fois terrible et vénérée ;
Les yeux levés au ciel, mais le cœur abattu,
Les bons mêmes ont craint de manquer de vertu ;
Mais le méchant, couvert de honte et de poussière,
Craignant d'être inondé d'un torrent de lumière,
Et se croyant atteint par la flamme et le fer,
Dans ses bras rayonnants vit les feux de l'enfer.
Se sentant respirer, il dit : Je vis encore.
Mais le brasier me cerne, et son feu me dévore.
Par l'effroi des remords que de cœurs oppressés
Vinrent faire l'aveu de leurs excès passés.
La Croix a rallié les pénitents sincères,
Haletant de terreur, d'espoir et de misères.
L'homme doit en tout temps veiller à son salut ;
La justice est de Dieu le premier attribut ;

De ses torts envers lui quand la mesure est pleine ,
Si sa miséricorde a commué la peine ,
S'il relègue son âme en ce triste séjour
D'où son œil peut encore entrevoir un beau jour ,
C'est que , négligeant trop la piscine sacrée ,
Cette âme par ses eaux trop peu régénérée
A besoin de ses feux qu'elle-même nourrit
Dévorant la matière au creuset de l'esprit ;
Son ange alors conduit à la béatitude
Le cœur qu'il entourait de sa sollicitude.

Voyez d'un œil mourant et sur sa joue en pleur
De la mère du Christ ruisseler la douleur ,
Chrétiens qu'a ralliés le triste anniversaire
De la semaine en deuil des forfaits du Calvaire.
Mes vœux sont entendus ; vers le même tableau
Les cœurs semblent voler réunis en faisceau ,
Et les yeux de la foi de ce peuple de frère
Dans chaque plaie ont vu les entrailles d'un père.
Que de chrétiens absents qu'il appelle en ses bras
N'oseraient lui donner le baiser de Judas !
Son corps, ses mains, ses pieds, couverts de cicatrices,
Par des tourments affreux ont racheté nos vices ,
Et sur un sein meurtri son chef divin penché
Semble d'Adam encore expier le péché.

CHANT VIII.

LES FRANÇAIS RÉGÉNÉRÉS PAR L'ONCTION DE LA GRACE. — VAINS EFFORTS DE L'APOSTASIE. — AUTORITÉ DU TESTAMENT DE LOUIS SEIZE. — SON AUGUSTE FILLE. — COMPARAISON DE LA NATURE AVEC LE COEUR. — LA FRANCE, TERRE PROMISE. — LE DIMANCHE DES RAMEAUX. — PAQUES.

Français de Louis Neuf, peuple de Louis Seize,
De Henri qui voulait que chacun fût à l'aise,
Dans les amis de Dieu naturellement francs
Je revois vos loyaux et fidèles enfants.
Nul exemple en des temps ou mauvais ou prospères
D'un peuple plus soumis au culte de ses pères.
En vain sur sa limite ou même dans son sein
L'hérésie ou l'intrigue ont un mauvais dessein;
En vain de la Montagne un arrêt tyrannique
Essaye d'abolir le culte catholique
En faisant massacrer les prêtres et Louis,
Et même en inventant des crimes inouïs;
En vain l'impiété, poursuivant son blasphème,
A voulu transiger avec l'Être suprême
Pour détruire les droits par lui-même établis

De la divinité de son auguste fils ,
Et , feignant de combattre un vain polythéisme ,
Supprimait Jésus–Christ pour arriver au schisme ,
Ou , sans distinction de sexe ni de rang,
De tant de bons chrétiens faisait couler le sang ;
Pas une ville , un bourg, bien moins une province,
N'a voulu renoncer à la foi de son prince ,
Qui scella de son sang le pieux monument
Vénéré dans sa vie et par son testament.

Au plus sublime rang des princesses du monde
On place dignement Clotilde et Radégonde ;
Mais, sans aller si loin des modèles chercher ,
Nous avons un exemple aussi grand , aussi cher ,
Résumant les douleurs éparses dans l'histoire,
De toutes les vertus sublime répertoire.
Ce prodige vivant tantôt à la merci
De l'éclatante gloire ou du sombre souci,
Gardienne de trois cœurs dans le sien qui succombe,
Que trois assassinats ont plongés dans la tombe ;
Sans compter les chagrins de la mort de deux rois,
De deux princes ayant les mêmes tristes droits ,
Marie-Thérèse enfin , notre ange tutélaire,
N'espère des Français que l'amour pour salaire ;
Aux cieux et sur la terre avec un tel appui ,
On peut offenser Dieu , mais on retourne à lui.

La surface du sol en hiver refroidie
Paraît ensevelir la nature engourdie.

Les pins et les ormeaux aux vieux troncs desséchés
Sous la palme argentée offrent leurs bras penchés.
Du Vésuve tantôt la cime désolée
Semble au volcan muet servir de mausolée,
Ou la bise affronter avec un froid mépris
De ses feux sans chaleur les sulfureux débris.
La neige a revêtu sous son voile pudique
Les vallons et coteaux de sa blanche tunique.
Les habitants craintifs du liquide élément
De respirer à peine éprouvent le tourment ;
Pour franchir ses remparts la gente cétacée
Vient heurter sa cuirasse à la voûte glacée.
La nature attristée ainsi que le soleil,
Dans l'ombre de la mort attendant le réveil,
De son sommeil profond est soudain retirée
Par les larmes de joie et la face dorée
De l'aurore exhalant les parfums les plus doux,
Sur l'horizon charmé précédant son époux.
Tel l'astre de la foi traversant un nuage
Vient fondre de ses feux jusqu'aux glaces de l'âge ;
Au printemps de l'amour cœur d'hiver a cédé,
Le terrain de la grâce est partout fécondé.
Il éclaire, il échauffe, il anime la France,
C'est moins que le bonheur, c'est plus que l'espérance.
Qu'importe que le schisme ou que l'impiété
Trouvent dans une femme une divinité ?
Chrétiens, voyant vos cœurs réunis dans le temple,
Je ne crains plus pour vous même un mauvais exemple :
L'église triomphante est bien plus que jamais

L'asile de vos cœurs, le temple des Français.
Là, tout vit par la foi, tout parle un saint langage,
La Vierge par ses pleurs, le Christ par son image ;
Quand l'hérétique chant du culte réformé
Vient frapper les échos d'un temple inanimé,
Que l'aveugle apostat, profanant la prière,
Ose nier au fils la puissance du père,
Conteste sa présence à cet autel d'amour,
Où sa bonté pour nous s'immole chaque jour,
Il vous importe peu qu'une foi conjugale
Formule ses serments en face d'une halle.
Mais, si quelque infidèle importait à Paris
Le joug d'un imposteur, le culte des houris,
Il entendrait bientôt maintes voix menaçantes
Accuser hautement des âmes mécréantes,
Et le peuple fervent à son culte attaché
Faire de la mosquée un autre archevêché.
Contre le saint devoir encor trop à la mode
La force est impuissante aussi bien que le code.
Puisse chaque pouvoir pour le salut commun
Savoir qu'avec le peuple il ne doit faire qu'un,
Que la religion fait pardonner au sceptre
Sur les peuples soumis l'autorité d'un maître,
Qu'il faut pour maintenir une société,
Non-seulement des lois, mais de la piété !
Le vice est turbulent, la vertu pacifique,
Et l'ordre suit toujours la morale publique ;
On ne peut trop le dire au peuple comme au roi,
Le gage de la paix est le frein de la foi.

Ce qu'un réformateur est au corps politique,
Le novateur veut l'être à la foi catholique.
Près d'un mieux idéal (on l'a trop su prouver)
Se rencontre toujours le danger d'innover.
Dans son aveuglement le religionnaire
Contre son Dieu se fait révolutionnaire ;
Fanatiques tous deux, se croyant immortels,
L'un renverse les lois et l'autre les autels.
Mais, fatigués enfin de leur vaine entreprise,
Ils laisseront en paix et l'État et l'Église ;
Aussi bien leurs efforts, contre elle superflus,
Offriraient à l'église un triomphe de plus.
Tous les hommes de cœur, indigence, richesse,
Ignorant, érudit, force comme faiblesse,
Le chef de l'industrie, et le rentier oisif,
Le noble courageux et l'artisan actif,
Ne forment qu'un seul tout et qu'une seule église ;
Le temple du Seigneur est la terre promise.
C'est ce peuple sauvé des stériles déserts,
Captif dans Babylone, enfin brisant ses fers,
Qui, passant à pieds secs entre deux murs liquides,
Des gouffres après lui redevenus avides,
Vit fondre sur les pas d'ennemis expirants
La colonne mobile et ses flots dévorants,
Et la vague écumante, aussitôt son passage,
De morts et de mourants encombrer le rivage.
Il faut donc l'avouer, la masse des Français
Peut bien être légère, infidèle jamais.
Le trouble est quelquefois à la superficie,

Mais le fond du cœur reste à Dieu qui l'apprécie;
Aussi d'un Dieu clément l'indulgente bonté
La ramène sans cesse au bien qu'elle a quitté.

Les rameaux toujours verts d'une tige chérie
Annoncent le retour de la pâque fleurie.
Si l'arbre de la foi dans ce temps reverdit,
Quoiqu'un moment pour nous le temple est interdit ;
Si notre église en deuil pleurant dans les ténèbres,
Ne fait plus retentir que des accents funèbres ;
Quand Jérémie aura fait ses tristes adieux,
Le flambeau de sa joie allumé, radieux,
De nos mains, de nos cœurs, l'encens et la prière
Feront monter au ciel notre hommage sincère.

CHANT IX.

LA RÉSURRECTION.

Qui joindra, pour offrir un prodige réel,
Aux pinceaux de Rubens l'âme de Raphaël?
Plaignons qui ne fut pas le témoin oculaire
D'une réaction saintement populaire ;
Il a perdu l'espoir, dans son sort douloureux,
De devenir meilleur et d'être plus heureux.
Ravignan à la fois sublime et pathétique,
Puissant levier du ciel, oracle apostolique,
De son frère autrefois le chrétien détaché
Par l'aimant de ta voix sent son cœur rapproché.
Ici, tout embrasé par son âme attentive,
Le sceptique cédant à sa charité vive
Passe en faisant au doute un éternel adieu
De l'amour de son frère à l'amour de son Dieu.
Là, remplis de tendresse et de reconnaissance,
Du nouveau Massillon éprouvant la puissance,
D'autres cœurs ont passé, par un élan soudain,
De l'amour du Sauveur à l'amour du prochain.

Sans ami, sans famille, exalté fanatisme,
Incliné vers toi-même, idolâtre égoïsme,
Cœur isolé toujours, par toi seul caressé,
De ton sordide amour il t'a débarrassé,
Et cette affection si mal thésaurisée,
Jaillissant en bienfaits d'une âme électrisée,
Répand au sein du pauvre un trésor mieux placé
Dont Dieu daigne lui-même être récompensé.
L'indifférence au moins, si ce n'était le crime,
Tenait un peuple entier suspendu sur l'abîme ;
La plupart éloignés du temple du Seigneur,
Oubliaient, négligeant les sources du bonheur,
Dans les lois que Satan leur apprenait à suivre,
Qu'ils naissaient pour mourir, et mouraient pour revivre.
La parole de paix d'un homme supérieur
Verse un baume plus doux dans le for intérieur.
C'est le peuple français, la nation entière,
Qui veut du Rédempteur arborer la bannière,
Et qui, renouvelant tous ses vœux d'autrefois,
Vient se réfugier à l'ombre de la Croix.
Avec lui j'ai goûté les leçons de la chaire,
Ensemble nous avons visité le calvaire.
Nos fraternelles mains ont souvent échangé
Cette eau dont le baptême a toujours épongé,
Malgré l'impiété, malgré sa raillerie,
De nos chrétiens naissants l'enfance si chérie.
Le père qui soumet son fils à l'onction
Dans le baptême, voit sa résurrection,
Tandis que trop souvent l'aveugle anabaptisme

Par l'ingrate raison conduit l'homme au théisme;
Il diffère, il néglige un important devoir,
L'enfant sacrifié meurt sans le recevoir.
De ce mortel danger qui sera responsable?
L'enfant grandi rend-il le père moins coupable?
Mais, s'il n'a point atteint l'âge de la raison,
Qui subira l'effet de cette trahison?

Il est un sentiment que notre foi retrace,
Qui fait que notre cœur ressuscite à la grâce;
C'est le regret touchant du vice ou de l'erreur,
Fruit de l'amour de Dieu plutôt que de terreur.
Quand l'homme du Seigneur dans sa croisade sainte,
De l'esprit et du cœur cernant la double enceinte,
S'empare du foyer de l'incrédulité,
Le cœur avant l'esprit est le premier dompté.
Je dois le répéter à toute âme fidèle,
Le cœur est plus docile et l'esprit plus rebelle;
Il fermente toujours ce levain de l'orgueil
Qui fit au séducteur un imprudent accueil,
Et jeta dans les fers toute la race humaine
Dont le divin Sauveur put seul rompre la chaîne.
Si l'Éternel est bon pour être mieux chéri,
Sachons bien qu'il est juste afin d'être obéi.
De deux cœurs seuls d'abord la désobéissance
Nécessita du Christ la mortelle souffrance;
Comme homme et comme Dieu s'il voulait s'immoler,
De la terre et du ciel devait-il s'exiler?
Ici l'âme imparfaite et la raison bornée

Attendront pour comprendre une autre destinée ;
Si notre œil pouvait voir la lumière des cieux,
Bien plus que les païens nous serions demi-dieux.

Miraculeux trophée et glorieux mystère,
La résurrection au ciel unit la terre.
Sur la tête d'un Dieu six lustres épuisés,
Et les flots de son sang pour les hommes versés,
Sont des titres sacrés à la reconnaissance
Que nous contractons tous avec notre naissance.
Mais, fût-on incrédule autant que saint Thomas,
La résurrection ne se conteste pas.
La pierre du tombeau qu'il soulève lui-même,
Son front cicatrisé d'un sanglant diadème,
Son apparition et sa divine loi
Ne sont pas seulement des articles de foi,
C'est d'un fait accompli la preuve irrécusable,
Et pour le monde entier la vérité palpable.
Je ne viens point, aidé de vos bons sentiments,
Presser votre croyance avec des arguments ;
Le plus fort est celui de cette vive flamme
Qui prépare si bien les accès de votre âme,
Qui, brûlant et la ronce et l'épine en chemin,
Ne remettra jamais son salut à demain.
Personne n'a pu croire envers un tendre père
Votre retour plus vrai, votre cœur plus sincère,
Que celui qui reçut de votre piété
Des leçons de ferveur, d'amour, d'humilité.
Mais, sans vous contenter dans votre foi si vive

Des transports passagers d'une ardeur fugitive,
Vous ne reviendrez pas, jaloux de le revoir,
Ou l'adorer par crainte, ou l'aimer par devoir.

Avec notre Sauveur ressuscité vous-même,
La tiédeur à vos yeux paraîtrait un blasphème;
Comme un vaisseau chargé d'un trop pesant fardeau
Manœuvre dans la boue en cinglant à fleur d'eau,
Affrontant des rescifs la dangereuse cime,
Fait naufrage à la côte ou sombre dans l'abîme;
Ainsi des passions les dangereux brisants,
Sur la vase du cœur les fardeaux trop pesants
Exposent du salut la barque téméraire,
Naviguant sans pilote avec un vent contraire.
Mais l'Eglise entraînant tous les hommes de bien
A sauvé des écueils le navire chrétien;
Il porte maintenant une sainte phalange
Qui sonde l'Orient et les rives du Gange;
Elle n'aborde point de terre et d'archipel
Sans faire aux cœurs loyaux un généreux appel;
Et quand, sur son chemin, une horde sauvage
Viendrait pour éprouver son zèle et son courage,
Bien loin de reculer devant l'horrible lieu,
Elle s'immolerait pour la gloire de Dieu.
De ces sauvages cœurs en sauvant un sur mille,
Mourant elle bénit son sacrifice utile;
Tels surpris autrefois, le prêtre et l'assistant
Portaient sur l'échafaud leur tête au même instant.
Mais ne rappelons pas, juges inexorables,

Les tristes souvenirs de ces temps déplorables ;
Peut-être existe-t-il des vieillards à genoux
Qui, par leur repentir, aussi chrétiens que nous,
Ont obtenu du ciel, dans le siècle où nous sommes,
Un pardon que souvent n'accordent pas les hommes.
Vous, chrétiens, qui voulez, par un noble abandon,
Mourir à la vengeance et renaître au pardon,
Frères en Jésus-Christ, de tout rang, de tout âge,
La générosité rend meilleur et plus sage ;
Quand de notre salut il prit le tendre soin,
Pardonner, oublier, pour lui fut un besoin.
Vous vous glorifierez de suivre un tel exemple ;
L'amour seul a de droit son accès dans son temple.
Haine comme remords fait un mal trop certain :
L'un s'exerce sur soi, l'autre sur son prochain.
Ce double châtiment ne sera pas le vôtre,
Car la vertu peut seule expulser l'un et l'autre.
S'il est un souvenir que l'on aime à garder,
C'est celui du bonheur que l'on peut accorder,
Pour en jouir soi-même, ainsi que son semblable ;
Enfin c'est le bonheur d'une âme charitable ;
C'est le commandement de notre Créateur,
Le désir paternel de notre Rédempteur.
Ce père est notre Dieu ; sur la mort sa victoire
Rend vos cœurs immortels aussi bien que sa gloire,
Et leur laisse entrevoir de son temple sacré
L'héritage éternel qu'il leur a préparé.
Sa résurrection vous fait assez connaître
La puissance et les droits de votre divin Maître ;

Du tombeau du péché sortis victorieux,
Le Seigneur vous dira : Chrétiens, montez aux cieux !
S'il est le roi des rois et le meilleur des pères,
S'il exauce toujours nos ferventes prières,
Si le cœur ne saurait même au terrestre lieu
Attendre ni tenir son bonheur que de Dieu,
Laissons tomber sur nous cette douce rosée,
Dont notre âme a souvent besoin d'être arrosée.
N'oublions pas qu'il est un soleil bien plus beau
Que celui de la terre au-delà du tombeau,
Qu'il coûte moins de temps, moins d'ennuis, moins de peine,
Pour conquérir du ciel le glorieux domaine,
Que de soins, de soucis et de douleur amère
Pour jouir ici-bas d'un triomphe éphémère.
Quand l'homme croit toucher au moment d'être heureux,
La mort est toujours là pour limiter ses vœux ;
Quoiqu'un lâche paraît le franchir d'un pas ferme,
Nul être n'a le droit d'en devancer le terme.
Innocent ou coupable on devra succomber ;
Quand la fosse est ouverte il faut bien y tomber.
En vain on veut marcher, au moins par la pensée,
On s'arrête tout court où la borne est placée ;
Quand la mort parmi nous prend son large tribut,
Notre importante affaire est celle du salut.
Mais, d'après Ravignan que le ciel même inspire,
Sur la vie et la mort que reste-t-il à dire ?
Rien, mais tout de ces soins qu'il n'a point épargnés
Pour conserver les cœurs que sa voix a gagnés.

———

5

LA VILLE DE LAON

ET

LES FORTS DÉTACHÉS,

APOLOGUE.

Sur un rocher superbe, à pic de toute part,
La nature soutient les ouvrages de l'art,
Et semble menacer de sa vieille colère
Les contours gracieux d'un vallon circulaire.
En vain offrant ses fruits, son laitage et son grain,
Le vallon s'aplatit aux pieds du suzerain.
De l'immuable roc l'orgueilleuse attitude
Accueille avec dédain un respect d'habitude ;
Il dit arrogamment au bassin libéral :
Tu seras en tout temps mon très-humble vassal ;
Si tu parles niveau, libertés, équilibre,
Je te démontrerai ce que c'est d'être libre.
Afin de foudroyer les insurrections,
On vient de me doter de nouveaux bastions ;

Si tu veux conserver les trésors de ta plaine,
Qu'elle ne tranche pas des airs de souveraine;
Surtout que ses colons n'aillent pas s'indigner,
Si l'on veut à la fois gouverner et régner.
Tel des forts détachés serait le fier langage,
Si le peuple debout voulait braver l'orage.
La Seine, amoncelant cadavres et débris,
Roulerait sur ses ponts les ruines de Paris,
Et son cours encombré de vertus et de crimes
Sur ses bords désolés vomirait ses victimes.
Là des corps fulminés les restes expirants
Feraient gémir l'écho de leurs cris déchirants,
Jusqu'à ce que par ordre un abime rassemble
Les morts et les mourants précipités ensemble,
Et du grand fossoyeur le rapport empressé
Vienne apprendre comment les plaintes ont cessé.
Mais l'échec essuyé par le doctrinarisme
A flétri de Guizot le sournois despotisme.

Poitiers. — Imp. de F.-A. Saurin.